목도리를 풀지 않아도 저무는 저녁

J.H CLASSIC 091

목도리를 풀지 않아도 저무는 저녁

유계자 시집

지혜

시인의 말

커피포트가 펄펄 끓는다
지독한 몸살이다
나도 저렇게 시를 품고
한동안 앓았다

2022년 겨울
유 계 자

차 례

1부

2부

3부

4부

1부

뭐 특별할 것 있습니까

손이 떨린다고 했다
쉽게 잡아당길 수 없어 망설이다가
누군가 이름을 호명하며 손을 내민다

웨딩케이크는 촛불을 켤 때가 제일 아름답다
꺼지고 나면 혼돈의 카오스
가난한 꿈은 촘촘히 박음질해도 자주 찢어진다

사다리가 높을수록 골짜기도 깊어
헛디딘 발이 미끄러지면 소문만 구조되고
바닥의 감정은 닿지 않는다

세상은 철제 사다리 밟고 깃발을 흔들기도 하지만
가끔은 엘리엘리 엘리베이터
어둠에 갇혀 어찌하여 나를 버리시나이까

추락이라는 변수가 숨어
오르고 내리는 일 모두 난관

땅이 발에 닿기 전에는 아무 말도 무채색이다

쪼그리*

햇볕에 달궈진 몸
자꾸만 감기는 눈을 치켜뜨며
하루 종일 고추밭에서 산다
엉거주춤 엉덩이에 붙어살지만
앉아보면 이보다 안락한 것이 없다

스프링이나 단단한 다리도 없이
짓누르는 온몸을 견디며
어둑한 저녁때까지 잡초밭에서 산다

땀범벅 농사를 지어봐야 손에 쥐는 것 없이
자식들에게 택배나 보낼 요량으로
밭고랑이 전부인 관절 부실한 여자
엉덩이의 힘으로 농사를 짓는다

밭고랑에 잠깐 벗어두고 집으로 들어간 사이
그늘이 기웃기웃 엉덩이를 밀고 주저앉는다
개구리도 폴짝 뛰어올라 쪼그리에 업힌다

쪼그라진 몸,
나의 가장 안락한 의자는 그녀였다

* 일할 때 엉덩이에 매달고 다니는 둥근 의자

달빛

한밤중 오줌이 마려워 마당으로 나왔는데
지붕을 타고 내려오는 달빛이 마당에 흥건했다

사랑방 창호지를 열고 흘러나오는

– 석탄 백탄 타느은데 연기만 풀풀 나구요
– 이내 가슴은 타느은데 연기도 아니 나구요

굴뚝 뒤에선 소쩍 소쩍 소쩍……
눈꺼풀에 남은 잠을 갸웃거리며 살금살금 귀를 세웠다

열 살쯤 내 입속으로 흘러든 노랫가락은 머리와 꼬리도 모른
채 흥얼거렸다

달빛을 넘어
세상에 귀 기울이는 동안 까맣게 잊었다가
할아버지 나이를 지나서야
할머니 없는 빈방의 적막함이 곡조로 타던 사발가라는 걸 알
았다

\>

파릇한 추억은 시간의 보습에 찍혀 녹슬어가고
발목을 적시는 어둠에 비틀거리다가

아파트 사이에 낀 어스름 달빛에 문득,
연기 없이 애가 타던 그 봄밤을 만나곤 한다

인디언 치마

별거 있간디 철사 끊어 허리 질끈 매고
면도칼 하나 주머니에 챙기는 거여
짠물에 들어가야 혀
그놈 잡으려면 가슴팍은 아니더라도 허리는 적셔야지
세상에 공짜는 없는 겨
굴 버캐 하나는 까야지 굴 냄새 솔솔 풍기면 망둥이가 덥석 물지
그놈 잡아 지느러미 떼고 미끼로 쓰고 또 한 놈 잡아떼고
잡히는 대로 허리춤에 꿰는 거여
손맛이 워떻고 땡기고 자시고 할 것 없지
덥석덥석 굴인지 제 동무 살떼긴지 무는 통에 금세 허리가 휘
청해져
무는 걸로 치면 망둥이나 여편네나 매한가지여
성님 성님 하면서 살떼기 쬐금 떼어 주니께
몸뚱어리까지 다 내놓은 거지
심성은 착한데 귀가 얇아서
몇 년 물 건너가서 죽도록 벌어 부쳤더니
집에 돌아와 보니 기가 막히데
사기꾼 헌티 보증서서 다 털어먹고
뼈 빠지게 기름칠한 돈은 모조리 불 땐 거여
한 칸 있던 집마저 붉은 딱지 붙고 길거리로 나앉았지

달랑 거시기만 남았더라고

여편네 허고 새끼는 처가에 보내 놓고 낡은 텐트 하나 가지고
나왔지

뭐 하것나 여름내 갯바닥 댕겼지

덥석덥석 물기 좋아하는 그 망둥이 철사 줄에 죽 걸치고 나오면
영락없이 후루루루……

애들이 놀던 인디언 치마여

속은 타고 지팡이 하나 짚고 온 산이 떠나가도록 소리치고 싶
었지

펄쩍펄쩍 망둥이 치마 입고

인디언 놀이 신나게 한바탕 하고 싶었다닝께

암만, 바다 땜시 살았지

밥

젖이 마른 퓨마가 TV에서
정글로 먹을거리를 찾아 나선다

두어 시간 숨죽여 기다렸다가
과나코 숨통을 향해 달려들지만
한 수 배운 뒷발에 밟혀 허탕의 시간으로 돌아오고

굶주린 새끼들마저
제 그림자를 숨기고 달려들지만
발 빠른 밥한테 저만치 나가떨어지고 만다

며칠을
주위의 반짝이는 눈빛을 제치고
숨죽인 호흡으로 기다리다 한순간 과나코의 숨통을 물었다
이레 만에 제 몸보다 큰 밥을 번 것이다

정글의 맹수처럼
다른 이의 목숨을 밥으로 먹고 살아가는 우리들

객지로 밥 벌러 나간 친구 남편은
삼 년 만에 다른 여자의 밥이 됐다고 가슴을 치며 오열했다

밥은 잘못 다루면 오히려 밥이 되기도 한다

멸치 타작

저녁 물빛이 파도에 젖어갈 무렵
바다의 봉제선이 열리고 멸치들이 올라온다

한 치 앞도 보이지 않는 사투
유자망 어선에 그물을 올리고 내리는 일
멸치잡이 아버지와 할아버지까지 합치면 백 년의 고목이다
태풍이 몇 번이나 휩쓸어도 고집 센 뿌리는 잘도 버텼다

대처로 나가 단번에 어군을 찾아
던져라!
호기 있게 목청을 높여
배 한 척 아버지 이름 붙여주고 싶었는데
마음뿐인 효도는 바다가 너무 일찍 받아 갔다

대신 바다 농사를 소작으로 물려받아
일정한 간격으로 부표를 오르내리고
꼬인 생을 풀고 찢어진 날을 기워 재투망을 하며
간간이 그물을 펼칠 때마다 환하게 꽃피는 밤

비린내를 손으로 훑으며 밤새 달라붙던 질긴 졸음을

에헤 에헤
봄볕에 이불을 털 듯 멸치를 턴다

눈사람 에덴

당분간 흰 세상
한 주먹 눈을 뭉쳐 돌돌 굴린다
순식간에 불어난 눈덩이
굴려놓은 두 개의 세상을 이어주고

빛나는 것만 보라고 단풍잎으로 눈을 붙여주고
나뭇가지로 한껏 콧대를 높였다
이왕 웃으며 살라고 웃음도 챙겨주고
사과를 싸던 분홍보자기로 옷을 입혔다
보기에도 좋아 아침저녁 안색을 살폈다

가끔 참새가 다녀가고
늙은 살구나무가 그늘을 늘여 어깨를 두드려도
못 들은 척

햇살 한번 뜨겁게 지나가자
우지끈 옆구리가 기울어지고 귀에 걸린 웃음도 지워진다
마지막 남은 콧대가 발등을 찍고

너는 물이니 물로 돌아가라

몸이 빠져나간 바닥이 흥건하다

널브러진 분홍보자기
탁탁 털어 빨랫줄에 올려놓자
만장처럼 펄럭인다

등 뒤에서 누군가 물끄러미 나를 바라본다

평행선

흙담을 붙잡고 능소화가
마디마디 벌겋게 온도를 올리면 목이 마르다

우리는 별말 없이 식당 문을 밀고 마주 앉아
그는 습관대로 살얼음이 뜬 물냉면을
나는 멀건 국물 대신 화사한 고명의 비빔냉면을 시켰다

가끔 탈이 나기도 하지만
화끈하고 얼얼한 생의 고명을 포기하지 못했다

겹쳐서는 안 되는 철로처럼 서로 다른 방식을 고수하면서
그는 좋아하는 술을 주문하고 나는 속으로 커피나 마시지 한다

지리산에 가자 하고 서해바다를 다녀왔다 우리는
삼십 년이 지나도 한통속이 되지 않아서 바라는 것이 더 생겼다

품이 넓었으면 했는데
생각이 커서 들어가지 않았다
품을 넓히기에도 생각을 줄이기에도 무리여서
그냥 가까운 역으로 가서 철로를 보기로 했다

\>

하오의 시간이 빠르게 지나가고
절묘하게 이루는 평행선이 더욱 안전했다

우리는 또 별말 없이 살얼음과 고명을 주문했다

고장 난 계절

그리움의 방향으로 돌아눕는 날은
날짜마다 동그라미가 생겼다

볼륨을 낮춘 음악은 의자 밑으로 가라앉고
오래 머문 생각은 받침이 빠져나가 삐걱거린다

낡은 스탠드가 낡은 글자들을 읽는 동안
빠르게 교체되는 어둠은 covid-19

꼼짝없이 방에 갇혀 기도가 되지 않는 글자들을 거꾸로 읽으
며 방언을 흉내 내도 쓴맛이 빠지지 않는 발음은 오래 차가웠다

너와 내가 금지곡처럼 간절해지는 한나절
젖은 슬픔은 햇볕에 마르지도 않는다

고장 난 시간을 조립하며
웅크리고 앉았어도 생의 한 부분이 자글자글 끓어오른다

라푼젤, 그대의 머리칼을 다오
빛나는 봄의 심장을 빌려야겠다

붉은 낙화

누군가의 노래도 한 대목 저물어가네

구원이 되지 않는 노래를
나는 너무 오래 우물거렸네

슬픔은 촘촘한 그물 같아서
아무것도 빠져나갈 수 없었네

잠을 잃어버리고
밤의 얼굴을 빤히 들여다보던 거울도
침 고이는 시큼한 소문도 부식되지 않았네

무거운 몸을 무작정 버스에 실었네
갈 데까지 가보자 했네

동백섬 그늘이 붉디붉었네

그 짙은 꽃빛에 놀라
오래 품은 슬픔을 그만 떨어뜨리고 말았네

물소리

철퍽철퍽
한나절 수차를 밟는 염부의 걸음이 방금 걷어 올린 미역처럼
후줄근하다

소금창고 가는 길, 짊어진 소금가마가 기우뚱
바닷물 저장고에 떨어져 버렸다
염천에 점심이나 먹고 건져야겠다며
담배 한 대 피우고 소금을 찾으러 갔더니
빈 가마만 동동

바닷물이 낳은 소금
서둘러 왔던 곳으로 돌아가 버리고

선술집에서 만난 소금꽃 같던 여자
날 못 믿느냐며
가을 함초 같이 붉은 입술로 평생 수차의 지팡이가 되어주겠
다던 그 여자
소금처럼 짜디짠 눈물까지 저당 잡히고는 걸음을 지워버렸다

수차를 굴리다가

수차례 사금파리 같은 이름 다 잊었노라
염판에 엎드려 저녁노을에게 큰소리치다가

철벅철벅
세상은 잘도 돌아가는데
온종일 돌아도 염천은 염전

맨발의 염부는 딱 한 번 염천을 벗어나 바다로 돌아가고
세상에서 건진 것은 어느새 세상으로 돌아간다

　나는 폐염閉鹽을 지날 때마다 철퍽철퍽 쏟아지던 물소리를 받
아내곤 한다

못의 용도

푸른 소나무는 하늘이 박아놓은 못
산이 무너지지 말라고
푸른 못으로 고정해 놓은 것

사람들이 길을 낸다고 푸른 못들을 뽑아내자
그 틈새로 들어온 물이 산을 벽지처럼 찢는다
계절을 장식해 놓았던
층층나무며 팥배나무 뿌리가 산 아래까지 엎질러졌다

풀뿌리 같은 틈을 내주고
황토 같은 절망이 밀려들어 신뢰가 찢어지기도 했다
저녁나절 들려오는 딱따구리의 못질은
땅과 허공을 이어붙이던 바느질 같은 것이어서
못 이기는 척 마음을 꿰매기도 했었다

햇살 좋은 날
하늘은 헐렁한 구름 의자 하나 내어놓고 틈새에 못을 박는다
촘촘히 박아놓은 못들이 출렁거린다

가끔은 못을 박다 구부러지는 것들도 있다

양지바른 무덤 옆에 등이 굽은 소나무
굽었다고 함부로 뽑지도 않는다

저기 공원에 한 무더기 사람들이 간다
온통 구부러진 못들이다

토란의 둥지

반쯤 뜯겨 나간 처마 밑
무성한 잡초들이 몸을 넓혀가는 동안
토란은 김장을 비비던 낡은 고무통에 둥지를 틀고
깃털을 고르기 시작했다
무너진 담장 아래 흩어진 호미와 삽이 시들어가고
꽃밭을 채우던 분주한 풍경은 낡아가는데
어쩌다 사람들이 지나가면
주인인가 귀를 세우고 푸른 날개를 흔든다
산 너머 전동 톱 소리 요란하고
오목눈이네 집에 탁란하는 뻐꾸기
뻑 뻐꾹 잘 키워달라는지 미안하다는지
종잡을 수 없는 저녁을 울고 가는데
토란잎은 뜨거운 파장으로 널따란 날개를 흔들어
금방이라도 날아오를 것 같다
누렁이도 아그배나무도 떠나버린 빈집
몸을 세우는 저 세계는 발밑에 무엇을 숨겨 놓았을까
토란이 알을 품고 있는 내내
둥글둥글 산초 열매같이 빛나는 검은 눈
순하디순한 깃털을 세우고 생각을 굴리며
언제 고무통을 열고 나올까
그 앞을 지날 때마다 물음표가 팔을 당긴다

국법

중학교 담벼락에 해바라기가 촘촘히 피었다
둥근 바퀴가 굴러가듯

교실에서는 마스크를 쓰고 띄엄띄엄 공부를 하고
띄엄띄엄 밥을 먹고 띄엄띄엄 자전거를 타고 띄엄띄엄 피시
방을 간다

교회에서는
여호와의 손이 짧지도 귀가 둔하여 듣지 못하심도 아니니
소리는 숨기고 입술만 달싹, 마른기침은 금지 띄엄 띄엄 띄엄
각본대로 예배를 드린다

띄엄 띄엄은 국법

띄엄── 띄엄── 을 지키지 않는 민족은 미래가 없고
띄엄── 띄엄── 을 지키지 않아도 촉망받는 국민은 있다

한나절 바퀴를 굴리던 해바라기 페달이 까맣게 부식되고
covid-19*는 가까이 더 가까이

우한의 우환이 국법을 주장한다

* 2019년 중국 우한시에서 발생한 바이러스성 호흡기 질환

롱고롱고*

금강 철교 아래로 청둥오리들이
일렁이는 낮달을 찍어 허기를 채우며 자맥질하고

철교 위에는 비토스가 붉은 아벨라를 따라가고 무소는 단단한
그림자를 길게 늘이며 바람을 바라보고

베르나** 안녕!
상처가 다 핀 꽃이라면 그 꽃들이 지지 않아
나를 지나오며 핀 수많은 꽃들이 색깔을 펼치고 있다

스스로 착해지는 외로움도 싫증나

롱고롱고
알 수도 알아볼 수도 없는 언어처럼
불러낼 수 없는 나를 데리고 강을 따라 내려가는데

낮달을 물고 가는
오리의 투명한 배열에 거미줄이 얹히고
오늘의 핑계가 물풀에 끼어 시간의 줄이 흔들리는데

＞

철썩,

눈불개 한 마리 강물을 쳐댄다

사는 일은 한쪽 가슴을 뜯어내는 일이라고

눈썹만 남은 달이 찡긋

철교 위에는 싱싱한 차들이 자꾸 생겨난다

* 칠레의 이스터 섬에서 쓰이고 있는 라파누이어를 기록할 때에 쓰인 것으로 추정되는
  문자.

** 청춘

2부

마트료시카

둘러댄 고백 속에 또 다른 그녀가 있다
연대기를 내려가자 작은 여자는 흰 벽 사이에 눈물이 다 마
른 표정을 줄이고
결혼은 엿 맛이었다며
속성으로 자란 결말이 쩍쩍 달라붙던 차가운 자작나무 숲
의 말미에
파문이 적힌 문서를 자작자작 태웠다고 했다

경사가 심한 생의 높이는 미끄러지기 쉽고
바닥은 수렁이어서 아무 데나 움켜쥐어야 했다고

제대로 불러본 적 없는 사랑은 널린 사랑을 잘도 찾아가는데

구원의 줄 하나가 도장 찍는 일이라지만
독학으로 익힌 슬픔은 온몸을 적시고도 남았다고
강산이 몇 번 변해서야 자신을 겨우 찾았다며
툭 던져놓는다

인형속의인형속의인형속의인형속의인형속의인형……
탁류처럼 번지던 울음이 빠져나가고

한줄기 소나기가 지나가는 동안 그녀의 몸이 닫히고 있었다

봄볕

막 동면을 빠져 나와 생각을 녹이고
굳은 어깨를 펼치는 사이
북쪽 하늘이 환해지고 있었다
한시도 쉴 수가 없다
늦장 부리다 순식간에 치고 들어오는 여름에게
몽땅 넘겨주고 떠나야하니 서둘러야 한다
잘못하면 지난해처럼 낭패를 볼 수도 있다
꾀를 부리다 온갖 색을 섞어 한꺼번에 뿌린 탓에
와르르 쏟아져버린 봄
고스란히 남은 계절이 피해를 당했다
출구를 잃은 바람이 우르르 달려나가고
길을 잘못 든 꽃마다 열매를 놓치고
물 그림이 찢어져 피라미들이 자취를 감춘 적 있다
이제 일그러진 물의 화선지를 갈아 끼우고
물감을 찍어 천천히 붓질해야 한다
석교난간 사이를 걸어 나오는
줄무늬고양이 꼬리에도 꼼꼼히 봄볕을 심어 놓았다
쉴 틈 없이 일하다 보니
여름이 문 앞에 왔다고 뻐꾸기가 울고 있다
오리 발바닥에 낙관을 찍어 봄 한 점 완성한다

프리저브드 플라워

한창 물오른 계절을 뚝뚝 잘라내
뼈를 탈골하고
인간이 정한 색을 입혔다

한 다발의 장미로 불릴 때
내 입술은 붉었던가
거꾸로 매달린 세상은 오금이 저리다

지나가던 바람이 슬쩍
마른 몸을 건드릴 때면
바스락 허방의 아랫도리에 통증이 돈다

진초록인 질경이의 이파리가 탐스러워지고
개망초는 꽃잎을 피워 올리는데
모든 계절에서 지워진 나는
맘대로 죽지도 못한다

합당한 핑계를 탐스럽게 꽂는
사람들은 늘어가고
촘촘한 낌새를 멈추지 않는

남자의 거실 한편에 장식된 나는
환하게 울고 있는데

눈물은 한 방울 나오지 않는다

무성영화를 보러 가요

글씨들을 펼쳐보면 축축한 것들이 많다
햇볕에 마르지 않는 습성의 배후가 바글거린다

물먹는 하마를 곳곳에 풀어놔도 소용없다
물소 가죽 위에 둥둥 떠 있다가 잠깐씩 바닥에 발을 붙이곤 커
피를 들고 등에 오른다

아무래도 이런 날은 아작아작 팝콘을 씹으며 멜로 영화 보는 날

지켜지지 않는 약속의 빈 엽서를 받고
동백나무 아래
처음 꽃송이가 질 때까지 서성이던 여자

가진 것 중에 가장 환한 것을 잃어버리고
어두운 문장으로 가득해지던 손수건

도착지가 다른 직행버스에
언제부터 보고 있었는지 모를 뜻밖의 사람
어디를 가는지조차 알아듣지 못하고 손 흔들던

\>

계절이 끝나는 곳에서 다른 길로 이어지던
너는 거기, 나는 여기

흥행 없는 진부한 시나리오에 관객은 없고
에로틱한 신음도 붉은 립스틱 자국도 묻어나지 않는 무성영화

파란색 열쇠고리를 낚아채던 갈매기
그림자 하나 비틀

페이드아웃

황태덕장

낡은 트럭에 실려 고개를 넘어 황태덕장으로 들어온 명태

화주 조교가
심해보다 매서운 바람의 회초리를 들고 줄을 세운다

춥다고 불평, 덥다고 불평
열받고 편 가르고 지레 겁먹고 발 빼고 떨어지고 게으르고
약삭빠르고 넘어지고 놓치고 나가고 생각 없는 물고기들

속은 날마다 비운다는데 뼛속까지 들어찬 고집이 빳빳하다

백태먹태골태파태낙태조태진태난태선태춘태추태생태짝태
깡태꺽태금태왜태봉태일태이태삼태무두태……

60가지가 넘는다는 이름마다 뜻이 다른 명태

끼리끼리 논다는 말 묶어놓고
생각 없는 무두태 따로 줄 세우고
때깔 좋은 황태들 앞에 놓고

나는 누구인가
뜬금없이 묻게 되는,

뜨거운 혈통

깨를 볶는다는 것은
힘을 빼는 일

본래 뜨거운 혈통이라
부풀어 오르는 몸을 싣고 반항의 힘으로 비상한다

한나절이 지나기 전에
생의 부품들이 녹슬기 시작할 때
재빠르게 분위기를 바꿔야 한다

온전히 부서지고 나서야 드디어 단단해지는 깻묵
쏟아져 나오는 빛깔에
배운 적 없는 표정이 물들어 있다

시커멓게 탄 심장이 흘러나온다
아무도 따라오지 못할 향기

삽을 들고 땀에 젖은
몸의 냄새를 끌고 절룩절룩 대문을 들어서는 노인
사는 것은 뜨거운 것이다

필터 버블*

햇살이 골목을 서서히 걷어 올리자
바람이 유난했던 창문은 인기척을 잃고

폐업이 성행이다
진열장 곰팡이를 지우는 일이 일상이다

아침마다 인터넷을 뒤지고 트윗을 날리고
불길한 예감을 세일하고

다음, 다음 정차역은
온라인 환승역
낡은 의자에 앉아 미끄러지는 정오가 지나기까지
월킵스 크리넥스 닥터퓨리 에코원 더나은 이지숨 디몬 순풍
숨, 숨……

숨이 막힌다

아무리 손가락을 두드려도 귀신이 곡할 노릇 없이
깨진 거래는 하나의 물건만 품절된다

>

줄을 서세요 줄을, 입 다문 침묵은 휴지통에 버려주시고 짝수 홀수 앞문으로 들어왔다가 뒷문으로 나가세요

그 많던 마스크는 어디로 갔을까

한쪽으로 쏠린 화면이 곤고한 턱을 괴고 하품을 흘리고 있다

* 이용자의 관심사에 맞춰 필터링 된 편향된 정보에 갇히는 현상

팔광이 빛나는 밤

유리창에 등 기댄 소나무
못난 나무가 고향을 지킨다는 말도 옛말
포클레인에 받쳐 꿈인 듯 기절했다 깨어 보니
건물로 꽉 막힌 한 평 남짓한 땅에 발이 묶였다

아침마다 등 긁어 주던 새들의 노래가 멈추고
정수리가 어수선하다
뜨겁고 탁한 바람이 몸을 감싸고
고막을 찌르는 경적이 설핏 든 잠을 깨운다

멈출 수 없는 식욕이 부풀어가는 도시
발밑에 소화되지 않은 욕설이 배설된다

더디 자라는 통장의 숫자를 체념한 사람들은
늘 목이 마르고
끗발 한번 올려 보라고 팔광 노래방이 번쩍거린다
별도 뜨지 않는 밤이 사라진 곳엔
휴식이 자라지 않는다

잠이 덜 깬 낮달은 이마가 찢긴 채 건물에 걸려있고

지난밤은 시치미를 떼고
사람들이 다시 건물로 들어간다

다행히 장마가 북상 중이다

Scar와 Star

도심에서 먼 거리까지 모여든 사람들
번호표를 받고 한 시간 넘어 겨우 자리에 앉았다
시간이 아깝다고 투덜대던 생각은
음식을 먹은 후에 사라졌다

맛은 상처에서 나오는 것인가
맛집으로 소문난 여주인의 손은 데이고 베인 흉터로 빼곡했다
더는 떨어질 바닥이 없어서 일어섰다는 여주인의 웃음에
끄덕거림으로 응수했다
상처 없이 아름다운 것이 있을까

테이블의 옹이가 출렁인다
울창한 가지를 뻗어 행간마다 태풍을 견디며
아픔을 다독여 넣은 파문
옹이의 아름다움도 상처에 있었다

부끄러운 이야기 풀어놓아도
흘러넘치지 않는 사람은 눈물샘이 깊은 사람이다
너그러움의 원천도 상처다

>
상처로 빚는다는 진주
귀고리 한 쌍을 막힌 귓불에 억지로 밀어 넣는다
쓰윽 그어진 아픔을 만지며
상처로 남을 것인가 빛나는 상처로 바꿀 것인가
잠시 생각하는 아침이다

연

연밭을 뒤지는 황새의 까칠한 깃털에 늦추위가 퍼덕거린다
질펀한 울렁거림은 살얼음으로 덮여 있다

꽃은 피어
찬비가 내려도 꽃밭이라는 목록은 지워지지 않고
어차피 풍경은 향기의 뒷모습이어서 한 시절 잎만 넓히는
일이 많았다

더는 살아갈 수 없다는 발이 작은 여자를 찾아
포구의 말뚝에 바다를 걸어놓고 길을 떠난 남자

저녁이 되면 수족이 냉한 몸이
세월의 보습에 찍혀 공허가 이불이 되는 밤

앞의 계절에게 화해를 청해 보지만 번번이 등을 보이는 벽
입술 꽉 깨물고 찍힌 발등 또 찍는다

찍어낼 때마다 수습되는 하얀 뼈

바람의 길이 잘 들어있는 연근을 캘 때마다
발이 작은 여자의 숨소리가 딸려 나오고

늙은 황새는 어기적어기적 끊어지는 연을 잡아당긴다

화살나무

화살나무엔 모닝의 냄새가 난다

수십 년 도란도란 빵을 만들던 작은 가게
노릇하게 구워지던 휴일은
점심에도 모닝 저녁에도 모닝을 진열했다

냄새는 손님을 끌어오고 말랑한 아침은 쉽게 동이 났다

바람 주머니가 들어오자
페이스트리의 한쪽이 기울어지고 식빵의 내면이 헐거워졌다

가진 것 중에 반 줄 테니 도장만 찍어 달라는데
봄의 뒷날에 숨어 피는 잠깐의 외면이겠지
한때 피고 지면 그뿐

아이의 이름표를 달듯 모닝의 이름을 채우던 여자
종일 모닝을 만들다 모닝 속으로 들어가 버린다

과녁을 잃은 화살나무 제 몸에 화살촉을 꽂은 채
붉게 물이 들었다

수사대 차량이 한동안 멈추었다

환촉幻觸

마지막까지 그들은 자신을 숨기고 싶었을까
죽은 자 대신
창에 갇힌 냄새가 밖으로 기어 나와 부음을 알렸다

자꾸만 번져가는 죽음들
유서 대신 빈칸이 더 많은 이력서와
독촉장과 미납고지서가 쌓이고

외롭게 살다간
한 사람의 편도가 접히는 밤

죽음이 빠져나간 자리에 특수청소부가 들어간다
체념과 한숨이 먼저 수거되고 천장과 바닥에
단단히 눌어붙은 그늘을 긁어내고
마지막까지 버티던 생의 바닥이 정리되는 것이다

한 사람도 서둘러 다른 세상으로 건너갔다
해외여행을 위해
비행기를 예약해 놓고 캐리어도 준비해 놓고
예정대로라면 지금쯤 보라카이 해변을 걷고 있을지 모른다

\>

인기척에 재빠르게 몸을 숨기던 벌레들

우르르 몰려다니며 저녁을 뜯는 습성을 치워도

영락없이 잠의 언저리에 붙어

부풀어 오르는 가려움

손톱을 세워 벅벅 긁어도 잡히지 않는

환촉幻觸에 시달리는 밤이 온다

태풍

늦은 밤, 그가 도착했다

불만 가득 편의점에서
낮술부터 퍼마시다가 빈 병 깨 들고 덤비는 중독자
순식간 몇 개의 풍경이 떨어져 나간다

비틀거리는 맨발로
전봇대를 들이받고
헐렁한 간판에 주먹질해대고
올망졸망 다정한 열매들이나 두드리다가
맨홀을 발길질하고 횡단보도로 돌진해 속력을 올린다

더 낮은 곳으로 내려가 닥치는 대로 목을 비튼다
빠져나갈 수 없어
잡힌 것들은 풀이 죽어 퉁퉁 부풀어 오른다

끼리끼리 몰려다니는 침입자들
남의 집 안방까지 차지하고
대자로 누워 코 고는 저 태풍의 민낯

\>

수몰의 여름
찢어지고 엉킨 곳에서 몇은 분실되고
와장창 깨져버린 생의 파편은
가슴을 치고 오열하는 사람들의 몫이다

부스스 잠이 깬 오후, 언제 그랬냐는 듯
해맑게 주섬주섬 옷을 챙겨 입고 나가는
폐허의 뒷모습

별의별 짓
다 하고도 아무렇지도 않은 평온한 낮
어디서 많이 본듯한

단죄는 제가 받지요

당신은 흰색을 좋아하시겠군요
편견에서 잘 자라는 가시는 보이지 않겠지요

아프리카 바벰바 부족이 사는 마을에는
가시가 자라지 않는다는데
그래도 잘못을 하면 부족민에게
빙 둘러싸여 재판을 받는다네요

농담은 사절 멸시와 비난은 감옥행입니다

가령, 아이와 놀아주셔서 고맙습니다
울타리를 고쳐 주셔서 감사해요
손잡아 주셔서 감사합니다

죄인에게 칭찬 폭격을 가해야만 해요
바닥이 보일 때까지 며칠씩 쏘아대야죠

바벰바 재판
분첩에 슬쩍 훔쳐다 척박한 땅의 가슴에 심으면
이 땅 가시 돋친 말들 목화솜처럼 따스해질까요

>
물론 훔친 것은 잘못이니
단죄는 제가 달게 받을게요

가방끈이 긴 여자

스카프 두 개를 멋스럽게 겹쳐 매고
머리를 뒤로 묶은 어여쁜 여자

커다란 가방은 늘 그녀를 데리고 다닌다

행사장마다 빠지지 않고 참석해 자리를 빛내주는 관객
지루하게 지쳐갈 때쯤
가방은 몸을 낮춰 그녀의 하품과 졸음을 받아준다
언뜻언뜻 잠이 깰 때마다 바라보는 다정한 눈빛

행사 끝나고 뷔페 음식이 차려지면
생기에 반짝이는 가방은 재빠르게 입을 열고 불룩하게 음식
을 담는다
누군가 차를 태워주겠다고 해도 손사래를 친다
그녀와 가방 뒤를 몰려다니는 아침드라마 몇 편
가방끈이 긴 여자

정작 가방의 깊은 속이 궁금했다
잠을 눕힐 수 있는 편안함의 길이는 부재중이 아니기를
뒤섞인 뷔페 음식은 몇 끼의 체온을 덥힐 수 있을까

＞

아랑곳없이 그녀만의 에르메스는
빗방울을 긋는 은행잎 떨어지는 길 바깥쪽으로 사라지고

정신병동 건물이 잠깐 보이다가
무대가 닫히고 있었다

나는 내일 끈이 짧은 가방을 들고
상처 난 가을이나 수리하러 가야겠다

3부

우산

한쪽이 맑으면 다른 한쪽이 젖는다

한 번도 꽃무늬 박힌 생을 펼치지 못했으므로

외출 때마다 꼭 비가 온다

풍파를 막아내도 팽개쳐 버리기 일쑤

지하철과 식당, 학교와 버스에 버려진 우산

미아가 된 우산을 찾아가지 않는다

구석에 처박힌 우산처럼

요양원에 누워있는 뼈대가 뒤틀린 우산들

온몸으로 비를 가려주던 우산이 내게도 있었다

뿌리

지상의 병실에서
지하로 내려가는 순간
저쪽에서 이쪽으로 비집고 들어오는 세상

날숨과 들숨 사이 뒤엉킨 눈물이
경계를 넘어
또 다른 계절로 옮겨가고 있다

언젠가 지하로 내려가신 외할머니를 보고 어머니가 울었다
이제 진짜 고아가 되었네

나는 고아가 아니라서 다행이야
달리 대답할 말을 찾지 못해 웃는 척했다

나무의 뿌리도 지하로 내려가고
삶의 뿌리도 바닥을 더듬는다

요즘은 뿌리를 쉽게 버리고 달콤한 열매만 찾는다
또 누군가 뿌리를 잘랐다고 뉴스가 소란하다

우화

바다가 펼쳐지고
모시 백합 가리비 대합 키조개 수북한 조개들
뜨거운 석쇠 위에서 짠물을 내뱉고 있다

난생 딱 한 번
활활 불속에서 고치가 열리고 날개가 펼쳐진다

그동안 날려 보낸 공작 호랑 산부전 사향제비나비
저 무늬들이 몸을 비워낸 껍데기에 들어있었다니

벌건 숯불에서 날개를 꺼내는 조개들
한 여자는 언 손등을 호호 불며 칼을 멈추지 않는다
칼끝이 지나갈 때마다 한 마리씩 나비가 날개를 달고, 패총이
생겨나고

시장바닥 페인트 통에 붉어진 불꽃이 봄날의 잠처럼 따사로
운데
햇빛도 들지 않는 귀퉁이 나비들이 오소소 떨고 있는데
그저 조개와 나비는 한 족속이었다고

>

점점 퇴화하는 관절을 가진

한 번도 날개를 달아본 적 없는 내 어머니

조금때만 잠깐 멈추는 손

우화는 가당치도 않은 것이라고 여전히 일손을 놓지 않는다

꽃무늬 환한 문장

바다 쪽에서 꽃무늬 몸뻬 바지 할머니들 몇 올라와
당산나무 그늘에 젖은 바다를 말린다
바다가 내어준 한 끼 조촐한 찬거리를 손질하며
나뭇가지 닮은 손가락을 무디게 움직인다

관절들 삐걱대는 폐선의 노 젓는 소리 당산나무에 매어놓고
들고 나온 밀가루 반죽을 힘껏 치댄다
양은냄비에 바지락이 끓고 일흔다섯의 막내가 토각토각 밀가
루 판을 썰고 물이랑 드는 입술을 오물거리는 팔순이 간을 본다

수십 년 지기 과부들 단단히 굳어버린 슬픔도 바지락칼국수에
풀어먹으며
꽃무늬 환한 문장 하나씩 되씹다가
서방 복 없는 년 자식복도 없다며
어귀에 들어서는 노란 봉고차를 보고 막내가 무릎을 짚고 몸
을 일으킨다

당산나무 밑에 여자아이 하나 부려놓자
함마 함마
할머니도 엄마도 아닌 함마를 부르는 아이 손을 잡고

낡은 노구 한 채 기우뚱

당산나무 그늘을 털고 차례로 일어서는 오래된 꽃잎의 문장
들, 폐선을 끌고 삐거덕 멀어진다

저녁은 흘러 흘러

새들도 부리를 씻고 잠을 눕히는데 읍내에 나와 자취하는 나는
걸핏하면 연탄불 붙이느라 눈이 매웠다 기다려도 오르지 않는
밥의 체온을 절망하며 첨탑을 향해 가난한 소원을 중얼거렸다

저녁이 맨 나중에 오는 산의 어깨쯤, 신작로 키 낮은 가로등 아
래로 농주에 흔들리는 노인을 따라 누렁이 꼬리에 산들바람이 일
렁이고 시장 모퉁이 오일장 파한 말집에 어슴푸레 불이 켜지면
손을 뻗어 밤물결 찰랑거리는 먼 집의 지붕을 열어보고 싶었다

지붕 안에는 할아버지의 단출한 밥상과 양푼에 비빈 보리밥을
놓고 숟가락 싸움하는 사내아이들과 터진 솔기를 깁는 어머니와
새끼 꼬는 아버지가 있을 것이다

마루 밑에는 반쯤 닳아버린 호미와 구멍 숭숭 뚫린 대바구니
가 물때를 빠져나간 바다에 귀 기울이는 동안,

어둠은 촘촘히 문살을 지우고 들이치는 빗물에 운동화 한 켤
레 머리맡에 기울여놓고 난생처음 혀를 구부린 알파벳은 문간방
에 세 든 열네 살의 허기진 저녁에 얹혀 그렇게 흘러갔다

야명조夜鳴鳥를 키우다

상자 속에서 낡은 일기장을 들어 올렸다
시간의 갈피 속에 그려놓은 나팔꽃 줄기는 기억을 타고 부
스스 몸을 일으킨다

그 선생님 별명은 '막걸리 한 잔'
매달 17일 오후만 되면
아슬아슬 짧은 치마를 걸친 빨간 입술의 앳된 여자와 머리
를 한껏 틀어 올린 한복의 중년 여자가 교문 앞을 서성였다

6교시 국어 시간이 끝나갈 무렵 엉덩이 흔들며 교문을 들어
서는 여인들을 본 계집애들 뭘 알기나 한다는 듯, 키득거렸다

오늘은 외상없고 내일은 외상 있다
표어 아닌 표어 아래
오늘은 놀고 내일은 공부라고 적었다

밤마다 오들오들 떨며
내일은 꼭 집을 지어야지 다짐한다는 야명조夜鳴鳥가 교실
안에도 가득했다
누렇게 변한 일기장 속에 나팔꽃 씨앗처럼 윤나던 시간이
바글거린다

오리봉나무의 전설

여자는 배꽃이 피는 이층집으로 시집을 갔지 비 오는 밤 자정
이 되면 부스스 일어나 헤매고 다녔지 하루는 하얀 잠옷이 둥둥
물살 센 냇물을 건너 힐끔힐끔 뒤돌아보며 산으로 올라갔지 오
금 저린 남자는 몸을 숨기며 따라갔지 번개가 칠 때마다 찢어진
옷자락이 드러나고 커다란 오리봉나무* 밑에 멈춰서 우우 젖은
소리를 내며 맨손으로 흙을 파내는 거야 번갯불에 보이는 손가
락엔 붉은 물이 들었지 쾅 내리치는 천둥에 무엇인가 가슴에 안
고 기절해버렸지

마침 신작로에 하나뿐인 막차가 도착했다

그래서요 그래서요
발을 구르며 재재거렸다

왜 하필 오리봉나무였을까
얼마나 큰 슬픔의 단지를 묻어 놓았을까
차라리 오리봉나무에 이정표를 세워두지 않았더라면
슬픔의 단지가 물살에 떠내려갔다면,

절반은 묻고 나머지는 흘리고 사는

그 사이

이층집 배꽃은 모음으로 피고
듣지 못한 결말이 오리봉나무 숲에서 발아하는데

스스로 맺혔다 비밀이 되는
붉은 생의 페이지들
외할머니 말씀이 손을 흔든다

함부로 파면 안 된다

* 오리나무의 사투리

오일장 풍경

허름한 햇빛 속에 낡은 보자기를 펼쳐 놓은 좌판
시들어 버린 푸성귀 몇 다발 앞에 놓고

떨이요 떨이

소통되지 않는 걸음을 불러들여도
눈빛의 각도가 어긋난다

라면이나 제대로 끓여 먹었나
갸덜 기둘릴 텐디……

천수답 팔아 비행기 태워 맞은 어린 며느리 야반도주하고
손주들 생각에
에이 독한 년!

저린 무릎을 일으킬 때마다 옆자리 할매는
넝쿨째 굴러온 호박덩이 며느리 자랑에 염장을 지른다

푸성귀를 일으켜 세우느라 연신 물을 뿌려도
다리에 힘이 풀린다

시간이 멈춘 마을

서천 구 판교역
새집으로 떠나고 남아있는 빈집들
속력이 오르지 않는 거리마다
등 굽은 사람들과 빛바랜 담장이 한통속이다

기차가 오지 않는 폐역
우시장 명성은 기적소리에 흩어지고
대합실은 식당으로 변해 차표 대신 카드기가 표를 받는다

한때 징용으로 끌려가고
위안부로 떠났다는 눈물의 역
이별을 싣고 갔던 기차는 몇 번이나 이 역을 오갔을까

역 앞에서 통곡하던 사람들 다 떠나가고
역사를 거쳐온 늙은 소나무 한 그루만 그늘을 넓힌다

폐역이 된 어머니의 몸에도 그늘만 자라고 있다

기출 문제

분리수거함에 버려진 공무원 기출문제집
포스트잇을 들춰보자 버스 노선처럼 분주하다

페이지마다 밑줄을 치고 방향을 정했지만
속도를 놓쳤는지
간혹 중력이 고인 자리에
촛농 같은 울음이 번져 있다

우기 때마다 깊어져 질퍽거리며
노량진 고시원을 떠돌던 그림자가 구깃구깃

마음을 다잡느라 붙여둔 다짐은
어디론가 떨어져 나가고
정답을 지향하는 선을 제대로 넘었는지

북적대는 분리수거함에 쌓여가는 시간의 퇴적층

오늘 오후가 지나기 전
한차례 소나기와 마주할지도 모른다

\>

쏟아져 나오는 가지가지 시험에
기출문제가 널려 있지만
너와 나의 삶에는 기출문제가 없어

오류투성이 점수에 자주 경고가 달린다

물의 고리

물결은 둥글다
번지고 번지는 동그라미들
헤아리기 전에 겹치고
겹치다가 흩어진다
부드럽게 돌을 쓰다듬어 휘돌고
물고기의 비늘도 깨진 병 조각도 핥아준다

백사장에 밀려온 물결
갈매기 발목을 맴돌다가
모래밭에 둥글게 장문을 짓기도 한다

작년 여름
소沼에 살던 물결
그 소용돌이에 휩쓸린 적이 있다

물결의 완강한 고집을 꺾고
빠져나오기까지 한참을 허우적거렸다

물결은 부드럽고 말랑한
물의 고리로 이어져 있지만
그 고리를 끊어내려면
죽을힘이 필요하다

땅따먹기

담벼락과 담벼락 사이로 말간 햇살이 기웃

가위바위보
이긴 사람이 한 뼘 돌려 땅을 차지하고
슬금슬금 손의 뼘을 늘리면서 시침을 뗀다

순서 없이 부르는 이름에
하나둘 옷을 털며 집으로 돌아가고

기억의 파도에 휩쓸린 푸르던 왕년은
뻐끔거리며 피워 올린 도넛 연기처럼 사라진다

추억이란 쉽게 몸을 불리고
시소와 같아 한 방향으로 자주 기울어진다

무수한 내일은 직진해오는 물살

늘 이기는데 이골난 네가 던진 가위바위보

물기 빠진 풍경처럼 땅거미 지는 시간을 훑고 있다

경제 시간

반찬 냄새가 뒤엉킨 5교시
80년대 정치경제 시간 코맹맹이 선생님이 들어오셨다
사과나무에 열 개의 사과가 있는데
맛있어 보이는 것부터 따 먹을래요 맛없어 보이는 것부터 따
먹을래요
아이들이 한참을 망설였다
사는 것이야 비슷하니 아끼고 절약하는 습성이 배여 모두가
맛없는 것부터 먹겠다고 한다

주저 없이 나만 "맛있는 것부터요"
우리 집에 오는 사과라야 파과破果뿐이고 멀쩡한 사과는 제사
상에서나 보았기에 식탐 많은 속내를 들킨 것이다

어른들은 아끼다가 똥 된다고 했다
평산댁 당숙모가 돌아가시고 장판 밑에서 나온 수백만 원의
지폐들
아까워 한 푼 못 쓰고 모아둔 걸
장례 치르고 둘째 아들이 싹 쓸어갔다고

나는 맛있는 거 많이 사 먹을란다

그러시면서 엄니는 꼭 흠 있고 때깔 없는 걸 드신다
따뜻하게 주무시라고 사드린 밍크 담요는 메주가 덮었다

열 개 사과 중 제일 맛있는 것부터 먹어야 끝까지 맛있게 먹는
다던 정치경제 선생님

젤로 좋은 사람 그중에 좋은 사람 그래도 좋은 사람
그러고 보니 안 좋은 사람 한 명도 없다
나에겐 맛있는 사과도 한 바구니 있다

목수

못 박는 일이 천직이다
일거리가 있다면 낮이나 밤이나 마다하지 않는다

밭 한 뙈기, 논 네 마지기는 오롯이 아내 몫이다

전대처럼 못 주머니를 차고 단단한 망치를 들고 다닌다
못 박는 전문가인 내장 목수

그토록 성실한 그가 딱 한 번 쉰 적이 있는데
지붕 위에 올라가 호박을 따다가
호박을 안고 굴러떨어져 기절한 적이 있었다

과녁에 정확히 박히는 못
휘거나 튕겨 나가지도 않는다

이제는 늙고 병들었어도 못 박는 실력만은 여전하다

입으로 박는 백발백중의 못질
가슴에 대못이 박힌다
서슬 퍼런 천하제일의 무봉無縫 앞에 아무도 다가가지 않는다

\>

수십 년 못을 맞았으니 맷집이 생길만한데

박힌 데 또 못이 박힌다며

그녀는 목수보다 딱 하루 더 사는 게 소원이라고 했다

연출자

어제는 청각이 마비된 오류투성이
서문을 지나 다음 장으로 넘어갈 때면

헤어진 적 없는 너에게 안녕을 보낸다
오래 지속된 사랑은 사랑이 아니었으므로

싱거운 다음 페이지를 기억하려 목도리를 풀지 않아도 뉘엿
뉘엿
　하루가 저문다

　어긋난 날들이 잠복을 하고
　틸란드시아 긴 수염은 이승의 그늘진 무대 뒷면까지 자란다

　주섬주섬 발을 **빼**고 소품을 챙겨 무대 밖으로 사라지는 난
색에도
　어린 숨소리까지 줄로 재는
　뜨끔거리는 기침 하나 한 번의 눈웃음까지도
　극으로 치닫고
　그리운 것들은 모두 난독이 된다
　다시 불이 꺼지고 그림자들이 멀어졌다

　큐!

　사람의 히스토리는 한 줄 속으로 들어가지 않는다
　내가 모르는 각본은 오늘도 방문을 연다

4부

탈피

비릿한 일몰이 발바닥을 적시면
돌게는 집게발을 접고 바위 밑으로 들어가
물렁한 체질이 될 때까지 습관을 지운다

다시 한번 생을 바꾸어 담는다

그 사람도 병실에서 몇 개의
링거줄을 매달고 등을 동그랗게 말고 탈피 중이다

입 밖으로 고통을 발설하지 않는
저 고요 속 적막의 깊이는 얼마나 될까
밤새 잠들지 못하고
침대는 뒤척임으로 연신 아픔을 일러주었다

달이 몇 번이나 바닷물을 끌어당기면
돌게의 발이 단단해질까
자객 같은 암세포를 잘라버릴 날카로운 집게를 세우고
언제쯤 큰 바다에 이를 것인가

무수히 많은 날짜의 각질이 쏟아지고

바람이 훑고 가는 동안

나는 옆에서
주저앉은 어둠을 쓸어 창 바깥으로 밀어낸다

순대국밥

반복과 어긋남의 앰뷸런스 소리가 새벽의 속살을 가른다

수술을 마친 의사가 푸른 천을 걷어내자
서늘한 스테인리스 그릇에 검붉은 덩어리가 담겨 있었다

그의 속을 보았다

이 세상 수많은 누군가로
때론 아버지, 남편이란 이름으로 살아온 사람이었으나

내겐 한 자루 연필 속 흑심 같았다

닳을수록 써 내려가기 위해
고집을 방패막이로 살아온 사람

그 고집이
단단한 암 덩어리 하나 저리 키웠으니, 나는 뒤통수를 세게 맞
은 것이다

순대 국밥집에서

다대기를 넣으려다 들려오는 앰뷸런스 사이렌
울컥, 슬픔이 솟구친다

몇 번의 험한 그늘이 훑고 간
너덜너덜 물러진 고집

씹히지 않는 고집이어도 좋겠다

보조 바퀴를 달다

처음 자전거를 탈 때
한쪽 발을 겨우 페달에 끌어다 놓고
추락이라니 날개도 없이

시작한 펀드는 홑겹이었다
제멋대로 풀들이 자란 한 뙈기 묵정밭은 날아가고
흙탕물을 뒤집어쓰고 논두렁을 기어 나온 뒤
악성 루머 같이 늘어나는 속도가 두려웠다

방향을 놓친 풍경들이 계절의 위치를 바꾸고
멀어졌다 닫히는 포구를 빠져나와
우두커니 서 있는 애증은 바닥까지 검게 그을렸다

돌아서면 어디든 곧은 길이 나올 것이라 생각을 세워도
번번이 넘어지는 나는
작은 보조 바퀴를 덧대자 중심이 생겨났다

나의 중심은 언제나 당신
당신의 배경으로부터 서 있다는 걸 알았다

생의 숫자들

오래 닫힌 낡은 수첩 속엔
한때 세상을 누비던 얼굴들이 평등한 숫자로 누워 있다

한 두름 보리굴비같이 퀴퀴한 냄새로 익어가는 밤
숫자 하나를 누른다
지금 거신 번호는 없는 번호입니다 다시 확인하시고……

한때 저 번호의 주인은 아이에게 남편에게
일찍 들어오라고
길 조심하라고 일렀으리라

아프다는 소리 듣고 병문안도 가지 못했는데
숫자 몇 개만 눌러도 잘 통하는 세상인데

어긋난 시간 미안하다는 말도 잊은 채
썰물처럼 빠져나간 물주름 위에 쓰다 버린 앙상한 숫자의
뼈만 흩어져 있다

앞으로 얼마나 많은 숫자의 모가지를 지울 것인가

병원 대기실에서 자꾸 시간을 들여다본다
번호표를 뽑는다

병동의 상련相憐

벌레가 갉아먹은 곳 도려내고 독한 약을 친다
밤낮으로 며칠씩 약을 뿌리다 보니
반들거리던 이파리들 다 떨어져 나간다
발바닥은 느릅나무 껍질처럼 딱딱해지고 몸피들은 바스러진다

누군가의 죽음이 내 손톱 밑 가시만 못하다는 말이 뒤를 따라
다닌다
안대를 쓰고 십팔 층에서 뛰어내린 젊은 죽음이
뉴스로 날아올라도
마음을 찌르던 통증은 금세 시들해진다

병실마다 약병을 매달고 다니는 사람들
복도에서 슬며시 눈을 돌린다
전화기 너머 엄마 언제 오느냐고 재촉하는 울음 섞인 아이의
목소리를 주머니에 구겨 넣는 젊은 여자
절로 알게 되는 상련相憐에
몇 번 약을 쳤느냐고 묻지 않는다

창밖을 바라보는 퀭한 남자의 눈에
풀 한 포기 없는 마당을 헤집는 가느다란 붉은 비둘기의 발목

이 지나간다

　언젠가 이웃집 담을 밀치던 바람의 발바닥도 지나간다

　유기된 지 오래된 털이 굳어버린 개 한 마리

　누군가 부르는 소리에 부르르 몸을 한번 털어낸다

　또 한 계절이 흔들린다

간섭

비 오고 난 뒤 새벽 풀밭에 종종거리는 비둘기
다가가도 날아갈 생각이 없다
땅의 밥그릇에 코를 박고 있다

서너 발짝 떨어진 수풀에
검은 고양이 한 마리 바짝 엎드려 발톱을 세운다

비둘기한테 일러줘야 하나 말아야 하나
고양이도 한 끼 밥을 위해 애쓰는데
저 날짐승도 새끼가 있고 어미 아비일 텐데

누구 편을 들어야 하나

순간,
비둘기 날갯죽지가 찢긴 것을 알았다

그 사람의 몸에 난 수술 자국 같다
  암이란 놈의 발톱에 두 번씩이나 찢긴 만신창이, 겨우 빠져나
와 숨 고르는 그 사람이 생각나
  얼른 비둘기 편을 들어주었다

>
힐끔거리며
다 된 밥에 재 뿌리느냐고 야아 옹 야아 옹

힘세고 간사한 발톱이
나를 노.려.본.다

파양

병실의 고요가 열린 서랍처럼 닫히지 않는다

실금이 생긴
하오의 침묵이 무거워 숲으로 들었다

속이 빈 걸음이 흘러내리고
누군가 목덜미를 치고 날아간다

어떤 치명이 이 숲속까지 따라와 후려치는 것인가
저 혼자 무너지는 오늘을
푸른 깃털의 물까치가 먼저 알아본 것이다

발이 풀려 털썩 주저앉자
나보다 먼저 온 외로움이 숲의 후렴으로 흔들리고

한 번의 이별이 빠져나간 틈새를
코드블루 코드블루
숲의 선잠을 깨우는 그늘진 배후를 털며
풀어진 운동화 끈을 조여 맨다

자주 모양을 바꾸는 눈물을 파양하기로 한다

손바닥이 두근두근

푸른 상상은 막연한 은유
지류 많은 생각을 들고
층층 계단을 올라가다 보면 환한 골방에 다다르겠다

그러면 삐거덕 닳아버린 생의 연골들
물비늘같이 떼어 버리고
에누리 없는 어둠보다 먼저 도착하는 새벽을 두르고
기도의 냄비에 크라켄*을 넣고 단단히 뚜껑을 덮는다

관성의 힘으로 녹슬지 않는 가사는 허밍
반질반질한 절망은
막 꽃 피기 시작하는 시클라멘 화분에 묻어주고

꺼져가는 심지를 끄지 않으시는 분에게
싱싱한 호흡을 허락하시라고

손바닥이 두근두근
흘러내리는 소원을 올린다

* 현대독일어 문어, 북유럽 신화 크라켄은 뒤틀린 혹은 병든 동물.

힘 빠진 슬픔

굴리던 자전거 바퀴가 멈춰 서자 다리에 힘 빠진 슬픔이 생겨
났다

정형외과 병동
숨소리까지 들리는 5인실 커튼만 닫으면 밤이 된다

모두가 힘을 합쳐 오늘을 잡아당겨도 늘어나거나 끊어지지 않
는다
40도를 넘나드는 폭염의 하루가 뜨겁게 달궈진다

창문 너머 배롱나무 꽃잎은 바퀴처럼 분분히 굴러다니고
사거리 건너가는 걸음을 점자를 읽듯 한 장 한 장 읽고 있다

그의 손에는 궁력의 습관이 남아
물고기 눈을 닮은 달을 향해 밤마다 헐거운 활시위를 당기자
휘둥그레 치뜨던 달이 불안한지 옆 병동으로 몸을 숨긴다

별 몇 조각 떨어지면 앞섶에 달아주겠다고 호언을 놓으며 잠
든 밤
구르지 않는 페달을 밟는지 식은땀을 흘린다

>

　두어 계절쯤 바람이 페달을 밟고 굴러온 바퀴의 뒤를 돌아보
는 동안

　철심 몇 개 고정시켜 놓았으니

　시간에 꽉 물려 견고해지면 힘 빠진 슬픔도 빠져나갈 것이다

고라니와 그녀

도심의 불빛이 길을 막고
갈팡질팡하는 어린 고라니
작은 냇물을 따라 도심 속으로 들어와 미로에 빠졌다
길이 되지 않는 도시의 길에서
불안한 눈빛이 숲을 찾고 있었다

첫 아르바이트비
성경책 품속 깊이 넣어놨는데 흔적이 없다
이른 시간에 자취 집에 들어서자
건넌방 여학생이 내 방문 앞 마루를 내려오다 눈빛이 마주쳤다
얼른 고개를 돌리는 그녀의 흔들리는 눈빛

도심의 중심에서 만난 고라니의 눈빛도 흔들리고 있었다

성경책을 수없이 뒤지며
붉게 칠해진 책 속에다 한동안 투덜대다가
그녀에게 돈의 행방을 묻지도 못하고 속앓이하던 밤도
나를 흔들며 지나갔다

많은 길을 지나왔음에도

여전히 나의 길은 흔들렸다

길이 되지 않는 오리무중의 맹지를 빠져나와
고라니나 그녀나
더는 흔들리지 말고 길이 되는 길을 잘 찾아가기를
기도하듯 오래 서서 바라보았다

웃음자판기

어둠 속에서 번식하는
슬픔은 떼 지어 다닌다
웃음을 몰아내고
잠의 내부까지
불안한 흉기를 들이댄다

올라가고 내려가는 엘리베이터처럼
웃음 스위치 하나 누르면
500원짜리 미소
1000원짜리 박장대소
터져 나오는 웃음자판기 있다면,

웃음을 잃어버린 사람들 다 모여
배꼽의 뿌리까지 뽑히도록
따뜻한 웃음 한 사발 들이키겠네

내가 낼 테니
마음껏 드시라고
허세 한 번 부리겠네

시력視力

눈꺼풀에서 풀려나오는 세상을 깜박이면
우수수 별들이 쏟아진다
숨겨둔 추억이 사라지고
받아 적었던 메모들이 자주 지워진다

방바닥을 기어 여름을 넘어가던 개미도
희미한 근황들
가까운 곳이 받아들여지지 않아 자꾸 안경의 겹을 더한다

잃어버리고 놓친 것들은 어디선가
또 다른 외출로 생을 만들고
침묵도 까무룩 어두워지고 나서야 촘촘하게 박힌
생각들을 내려놓는다

한 남자의 등에 얹힌 오래된 풍경들
흉터를 찍어 넣은 문장 하나 생각나듯, 그제야
당신이 읽힌다

내 속의 또 다른 눈이 밝아지는 중이다

해설

바닥에서 피어나는 환한 문장

— 유계자의 시

오홍진 문학평론가

바닥에서 피어나는 환한 문장
— 유계자의 시

오 홍 진 문학평론가

1.

유계자의 시는 바닥에서 새로이 피어나는 삶을 그리고 있다. 시간이 흐른다고 바닥에서 새로운 삶이 피어나는 건 아니다. 바닥까지 찍고 올라오는 힘이 있어야 비로소 새로운 삶이 피어난다. 첫 시로 실린「뭐 특별한 것 있습니까」에서 시인은 떨리는 손으로 누군가가 내미는 손을 잡는 존재를 이야기한다. "사다리가 높을수록 골짜기도 깊"은 법이다. 무성한 소문을 멀리하고 밖으로 나가려면 무엇보다 "바닥의 감정"을 온몸으로 느껴야 한다. 시인은 "추락이라는 변수가 숨어/ 오르고 내리는 일 모두 난관"이라는 시구로 이 상황을 표현한다. 바닥을 치고 올라오는 힘은 오로지 발이 땅에 닿는 순간 뻗어 나온다. 그렇지 않으면 모든 일은 추락이라는 변수에 여지없이 무너져 내린다.

이를테면,「인디언 치마」에서 시적 화자는 "펄쩍펄쩍 망둥이 치마 입고/ 인디언 놀이 신나게 한바탕 하고 싶었다닝께"라고 고백한다. 세상에 공짜는 없다. 신나게 놀려면 그만큼 일을 해야 한다. 시적 화자는 몇 년 동안 죽도록 일을 해 집에 돈을 부쳤지만, 귀가 얇은 여편네가 그만 사기꾼에 속아 그 돈을 모두 날려버렸다. 말 그대로 길거리에 나앉은 시적 화자는 여편네와 새끼는 처가에 보내 놓고 낡은 텐트 하나 달랑 들고 갯바닥을 훑고 다녔다. "암만, 바다 땜시 살았지"라는 시구에 나타나듯, 바닥을 치고 간신히 땅을 밟은 시적 화자를 드넓은 바다가 받아주었다. 삶의 바닥이란 이런 것이다. 깊이가 없는 바닥에 어느 순간 깊이가 생긴다.

「눈사람 에덴」을 참조하면, 깊이 없는 바닥은 죽음 이미지와 밀접하게 이어져 있다. 햇볕 한번 뜨겁게 지나가면 눈사람은 물로 돌아가 바닥을 흐른다. 눈사람이 산 흔적은 바닥을 흥건하게 적신 물로 증명될 뿐이다. 이 물이 마르면 눈사람이 살다 간 흔적은 과연 무엇으로 증명되는 것일까? 시인은 "등 뒤에서 누군가 물끄러미 나를 바라본다"라는 시구로 이 시를 매조진다. 눈사람이 남긴 흔적은 여백과도 같은 것이다. 여백은 우리 눈에는 보이지 않는 공기처럼 우리 곁에 퍼져 있다. 여백이 깊이 없는 바닥을 낳는다. 깊이 없는 바닥에 깊이가 생기는 것은 바로 이 여백 때문이다.

> 푸른 소나무는 하늘이 박아놓은 못
> 산이 무너지지 말라고
> 푸른 못으로 고정해 놓은 것
>
> 사람들이 길을 낸다고 푸른 못들을 뽑아내자
> 그 틈새로 들어온 물이 산을 벽지처럼 찢는다
> 계절을 장식해 놓았던

층층나무며 팥배나무 뿌리가 산 아래까지 엎질러졌다

풀뿌리 같은 틈을 내주고
황토 같은 절망이 밀려들어 신뢰가 찢어지기도 했다
저녁나절 들려오는 딱따구리의 못질은
땅과 허공을 이어붙이던 바느질 같은 것이어서
못 이기는 척 마음을 꿰매기도 했었다

햇살 좋은 날
하늘은 헐렁한 구름 의자 하나 내어놓고 틈새에 못을 박는다
촘촘히 박아놓은 못들이 출렁거린다

가끔은 못을 박다 구부러지는 것들도 있다
양지바른 무덤 옆에 등이 굽은 소나무
굽었다고 함부로 뽑지도 않는다

저기 공원에 한 무더기 사람들이 간다
온통 구부러진 못들이다
– 「못의 용도」 전문

    시인은 위 시에서 인생에 드리워진 여백을 '못'이라는 사물에
담아 표현한다. "푸른 소나무는 하늘이 박아놓은 못"이라는 시
구에 드러나는 대로, 시인이 말하는 못은 땅에 뿌리를 박은 푸른
소나무를 가리킨다. 인간은 개발을 명분으로 푸른 소나무를 뽑

아냈다. 소나무, 곧 푸른 못이 뽑힌 틈으로 물이 스며들자 온갖 나무가 뿌리째 뽑혀 산 아래까지 엎질러졌다. 시인은 "황토 같은 절망이 밀려들어 신뢰가 찢어지기도 했다"라는 시구에 그 상황이 제대로 드러난다. 푸른 소나무가 뽑히면 인간이 어떻게 땅에 뿌리를 내릴 수 있을까? 인간이 개입하는 자리마다 여백이 사라진다. 마천루로 허공을 메운 도시 문명을 떠올려 보라. 여백이 사라지면 자연 사물이 들어설 자리는 그만큼 좁아질 수밖에 없다.

햇살이 좋은 날이면 하늘은 어김없이 틈새에 못을 박는 일을 묵묵히 수행한다. 못을 박으면 그나마 나 있는 틈새가 막히는 게 아니냐고? 깊이 없는 바닥을 온몸으로 느껴야 비로소 바닥에 깊이가 생긴다고 했다. 여백은 텅 빈 장소를 의미하지 않는다. 눈에 보이지 않으면서도 사방을 꽉 채운 공기를 떠올리면 된다. 하늘은 틈새에 못을 박음으로써 더 많은 틈새를 만들어낸다. "촘촘히 박아놓은 못들이 출렁거린다"라는 시구를 가만히 음미해 보라. 못들이 출렁거리는 자리마다 새로운 생명이 피어난다. 하늘이 틈새에 못을 박는 일은 이리 보면 숨이 막힌 곳을 뚫는 일과 다르지 않다. 문명은 하늘이 만든 이 숨통을 끊어낸 자리에 들어서는 거라고 보면 좋겠다.

여백이 없는 문명은 늘 사물의 용도를 묻는다. 쓰임새가 있으면 가치가 있고, 쓰임새가 없으면 가치가 없다. 자연은 쓰임새로 생명을 나누지 않는다. 때가 되면 피어난 꽃은 때가 되면 지는 일을 반복한다. 인간은 가치를 매기는 눈으로 꽃을 들여다본다. 꽃은 꽃만으로 아름다운 게 아니다. 꽃을 둘러싼 여백이 꽃을 더욱더 아름답게 한다. 이러한 여백이 인간의 눈에는 보이지 않는다. 구석에 핀 꽃을 보기 위해 많은 가치=돈을 낼 사람이 과연 있을까? 자연은 곧은 나무와 굽은 나무를 구분하지 않는다. 인간은, 특별한 경우를 제외하고는, 곧은 나무를 굽은 나무보다 더 소중히 여긴다. 굽은 나무가 살 자리를 처음부터 막아버리려고 하는 것이다.

「토란의 둥지」에 표현된바, 여백이 없는 곳에서는 생명이 피어날 수 없다. 이 시에서 시인은 낡은 고무통에 둥지를 튼 토란에 주목한다. 꽃밭을 채우던 꽃들이 하나하나 시들고, 산 너머에서 전동 톱 소리가 요란하게 들려오는 상황에서도 "토란잎은 뜨거운 파장으로 널따란 날개를 흔들어"댄다. 사람들 발길이 끊긴 빈집에서 토란이 왜 생명을 피우려고 하는지 묻는 사람이 있을까? 토란은 지금 지극한 한 생을 보내고 있다. 시인 또한 그 곁에서 토란이 "언제 고무통을 열고 나올까/ 그 앞을 지날 때마다 물음표가 팔을 당긴다". 유계자의 시는 무엇보다 이러한 물음이 던져지는 지점에서 비롯된다. 사물의 가치를 따지지 않는 여백의 시학이 그의 시를 낳는 근원이라고나 할까?

2.
문명은 자연을 있는 그대로 놔두지 않는다. 자연 사물에 부여되는 가치는 자연을 문명화하려는 인간의 욕망을 분명히 보여준다. 욕망은 깊이가 없는 늪과 같다. 한 욕망이 실현되면 다른 욕망이 이내 일어난다. 욕망이 욕망을 낳는다고 표현하면 어떨까?

욕망에서 벗어나는 방법은 그러므로 욕망 자체를 끊어내는 길밖에는 없다. 시작詩作은 바로 이 지점에서 비롯된다. 시를 쓰는 시인은 늘 지독한 욕망과 분투를 벌인다. 욕망에 빠져들면 시인은 더 이상 시를 쓸 수 없다. 욕망에 매인 문명인이 될 뿐이다. 시는 태생적으로 문명과 불화할 수밖에 없는 장르라고 할 수 있다. 꽃에 비유하자면, 시는 들판에서 자유로이 피는 바로 그 야생화에 가깝다.

한창 물오른 계절을 뚝뚝 잘라내
뼈를 탈골하고
인간이 정한 색을 입혔다

한 다발의 장미로 불릴 때
내 입술은 붉었던가
거꾸로 매달린 세상은 오금이 저리다

지나가던 바람이 슬쩍
마른 몸을 건드릴 때면
바스락 허방의 아랫도리에 통증이 돋는다

진초록인 질경이의 이파리가 탐스러워지고
개망초는 꽃잎을 피워 올리는데
모든 계절에서 지워진 나는
맘대로 죽지도 못한다

합당한 핑계를 탐스럽게 꽂는
사람들은 늘어가고
촘촘한 낌새를 멈추지 않는
남자의 거실 한편에 장식된 나는
환하게 울고 있는데

눈물은 한 방울 나오지 않는다
－「프리저브드 플라워」 전문

시인의 말대로라면 '프리저브드 플라워'는 인간이 정한 색을
입힌 꽃을 의미한다. 꽃의 자연을 인위적으로 뒤바꾼 것이라고
말해도 좋겠다. 인위가 개입된 꽃은 질경이 이파리가 탐스러워
지고 개망초가 꽃잎을 피워 올리는 계절과는 다른 시간을 산다.
"모든 계절에서 지워진 나는/ 맘대로 죽지도 못한다"라는 시구
를 가만히 들여다보라. 인간의 색을 입은 꽃은 1년이 지나도, 5
년이 지나도 그 모습을 유지한다. 프리저브드 플라워는 조화造
花가 아닌 생화生花인데도 5년 넘게 화사한 빛을 뽐낸다. 물론
겉만 그렇다. 지나가는 바람이 마른 몸을 살짝만 건드려도 "바
스락 허방의 아랫도리에 통증이 돋는" 걸 느낀다. 자연이 스러
진 자리에 들어선 인위적인 사물을 생명이라고 부를 수 있을까?
생명은 시간을 거역할 수 없다. 때가 되면 꽃이 피고, 때가 되
면 꽃이 지는 자연 현상은 곧 생명의 삶을 표현하는 것이라고 할
수 있다. 꽃이 피어야 꽃이 질 수 있고, 꽃이 져야 꽃이 필 수 있

다. 말 그대로 자연은 피고 지는 일이 순환됨으로써 다음 시간으로 이어진다. 인간은 바로 자연에 부여된 이 시간을 끊어냄으로써 자연을 인간 삶을 장식하는 도구로 만들어버린다. 인간이 정한 색을 입은 꽃은 지금 남자의 거실 한편에 장식된 채 환하게 울고 있다. 서럽게 우는데도 눈물은 한 방울도 나오지 않는다. 환하게 울수록 마른 몸속은 타들어 간다. 몸에 새겨진 인간의 흔적이 사라질 때까지 꽃은 시간을 견뎌야 한다. 자연으로 돌아가는 시간조차도 인간의 힘에 지배당해야 하는 꼴이라니.

장식품이 된 꽃은 그 속에 품은 "뜨거운 혈통"을 잊은 지 오래다. 「뜨거운 혈통」에 표현된 대로, 모든 생명은 "온전히 부서지고 나서야 드디어 단단해지는" 힘을 뜨거운 혈통으로 이어받는다. 이 힘이 없으면 생명은 또 다른 생명으로 거듭날 수 없다. "사는 것은 뜨거운 것이다"라는 시구에 서린 맥락을 깊이깊이 생각해 보라. 부서지며 단단해지는 생명의 힘은 본능과도 같은 것이다. 죽을 위기에 빠질수록 생을 향한 열망은 더욱더 커지지 않는가? 인간의 색을 입은 꽃은 바로 이런 열망을 상실했다. 겉으로는 화려함을 뽐내고 있지만, 그 안에는 이미 죽음이 자리하고 있다. 살았되 살았다고 할 수 없고, 죽었되 죽었다고 할 수 없는 꽃의 형상은 여기서 비롯된다고 하겠다.

마지막까지 그들은 자신을 숨기고 싶었을까
죽은 자 대신
창에 갇힌 냄새가 밖으로 기어 나와 부음을 알렸다

자꾸만 번져가는 죽음들
유서 대신 빈칸이 더 많은 이력서와
독촉장과 미납고지서가 쌓이고

외롭게 살다간
한 사람의 편도가 접히는 밤

죽음이 빠져나간 자리에 특수청소부가 들어간다
체념과 한숨이 먼저 수거되고 천장과 바닥에
단단히 눌어붙은 그늘을 긁어내고
마지막까지 버티던 생의 바닥이 정리되는 것이다

한 사람도 서둘러 다른 세상으로 건너갔다
해외여행을 위해
비행기를 예약해 놓고 캐리어도 준비해 놓고
예정대로라면 지금쯤 보라카이 해변을 걷고 있을지 모른다

인기척에 재빠르게 몸을 숨기던 벌레들
우르르 몰려다니며 저녁을 뜯는 습성을 치워도
영락없이 잠의 언저리에 붙어
부풀어 오르는 가려움
손톱을 세워 벅벅 긁어도 잡히지 않는
환촉幻觸에 시달리는 밤이 온다
　－「환촉幻觸」전문

사물의 등급을 매기는 기준은 그대로 인간에게도 적용된다. 위 시에서 시인은 "창에 갇힌 냄새"로 죽음을 표현하는 존재의 비극을 시화하고 있다. 죽은 자의 방문 앞에는 독촉장과 미납고지서가 쌓여 있다. 아무도 기억하지 않는 자가 남긴 흔적을 지우기 위해 특수청소부가 방으로 들어간다. 체념과 한숨이 짙게 깔린 방에서 특수청소부는 천장과 바닥에 단단히 새겨진 그늘을 벗겨낸다. 죽은 자의 눈에는 마지막으로 어떤 모습이 비쳤을까? "마지막까지 버티던 생의 바닥이 정리"됨으로써 죽은 자의 흔적도 겉으로는 완전히 지워진 듯 보인다. 살아 있는 존재에게도 등급을 부여하듯, 사람들은 죽은 자에게도 등급을 부여한다. 누구도 기억하지 않는 죽음을 맞이한 이 사람의 등급이야 굳이 말해 무엇 할까?

누군가의 비극을 뒤로 한 채 또 다른 누군가는 서둘러 다른 세상으로 건너갔다. 해외여행을 가려고 했는지 이 사람은 비행기를 예약해 놓았고, 캐리어도 준비해 놓았다. 갑작스런 일이 일어나지 않았다면, 이 사람은 "지금쯤 보라카이 해변을 걷고 있을지 모른다". 죽음이란 이런 것이다. 가난한 사람이라고 죽음이 가까이 있고, 부자라고 죽음이 멀리 있는 게 아니다. 때가 되면 떨어지는 꽃처럼, 모든 생명은 때가 되면 다른 세상으로 가는 길에 들어선다. 산 자들은 자꾸만 죽은 자들의 등급도 나누려고 하지만, 사실 그것은 산 자들이 세운 허망한 기준에 불과하다. 역사에 뚜렷한 발자국을 남긴 자도 죽으면 여느 사람들처럼 흙으로 돌아간다. 등급을 나눌 수 없는 장소에 죽음은 도사리고 있는 셈이다.

시인은 이런 죽음이 피어나는 자리를 "환촉幻觸에 시달리는 밤"으로 표현한다. 문맥상으로 환촉은 환상으로 느껴지는 감각을 의미한다. 시체 주변을 서성이는 벌레들이 사라졌는데도 시인은 "영락없이 잠의 언저리에 붙어/ 부풀어 오르는 가려움"을 느낀다. 손톱을 세워 박박 긁어도 가려움은 누그러지지 않는다. 가려움은 바깥이 아니라 안에서부터 밀려 나온다. 몸이 정말로 가려운 게 아니라 마음 깊은 곳에서 가려움을 느끼는 것이라고 표현하면 어떨까? 삶 주변을 서성이는 죽음이 바로 이렇다. 환촉에 시달리는 밤이란 이리 보면 삶의 언저리에 붙어 있는 죽음의 흔적을 가리킨다. 문명이 없애려는 자연이 이 죽음과 연결되어 있다는 점을 굳이 강조할 필요는 없을 것이다.

3.

「뿌리」라는 시에서 시인은 보이지 않는 뿌리보다 달콤한 열매에 현혹되는 세상에 주목한다. 땅속으로 뻗는 뿌리가 부실하면 당연히 열매 또한 부실할 수밖에 없다. "나무의 뿌리도 지하로 내려가고/ 삶의 뿌리도 바닥을 더듬는다"라는 시구에 표현된 바, 시인은 삶의 뿌리와 바닥을 하나로 잇고 있다. 삶의 바닥이란 삶이 끝나는 장소가 아니다. 바닥까지 내려가야 비로소 달콤한 열매를 낳는 뿌리에 닿을 수 있다. 지상이 있으면 지하가 있고, 이쪽이 있으면 저쪽이 있으며, 날숨이 있으면 들숨이 있는 법이다. 열매의 달콤함에 빠진 사람들은 뿌리에서 올라오는 이

힘을 모른다.
　바다 쪽에서 꽃무늬 몸뻬 바지 할머니들 몇 올라와
　당산나무 그늘에 젖은 바다를 말린다
　바다가 내어준 한 끼 조촐한 찬거리를 손질하며
　나뭇가지 닮은 손가락을 무디게 움직인다

　관절들 삐걱대는 폐선의 노 젓는 소리 당산나무에 매어놓고 들
고 나온 밀가루 반죽을 힘껏 치댄다
　양은냄비에 바지락이 끓고 일흔다섯의 막내가 토각토각 밀가
루 판을 썰고 물이랑 드는 입술을 오물거리는 팔순이 간을 본다

　수십 년 지기 과부들 단단히 굳어버린 슬픔도 바지락칼국수
에 풀어먹으며
　꽃무늬 환한 문장 하나씩 되씹다가
　서방 복 없는 년 자식 복도 없다며
　어귀에 들어서는 노란 봉고차를 보고 막내가 무릎을 짚고 몸
을 일으킨다

　당산나무 밑에 여자아이 하나 부려놓자
　함마 함마
　할머니도 엄마도 아닌 함마를 부르는 아이 손을 잡고
　낡은 노구 한 채 기우뚱

　당산나무 그늘을 털고 차례로 일어서는 오래된 꽃잎의 문장

들, 폐선을 끌고 삐거덕 멀어진다

  – 「꽃무늬 환한 문장」 전문

  몸뻬 바지를 입은 할머니들이 당산나무 그늘에 앉아 "바다가 내어준 한 끼 조촐한 찬거리를 손질"한다. 나뭇가지를 닮은 손가락에 이 할머니들이 살아온 내력이 담겨 있다. 밀가루 반죽을 힘껏 치댈 때마다 "관절들 삐걱대는 폐선의 노 젓는 소리"가 당산나무 주변을 맴돈다. 막내인 일흔다섯 할머니가 밀가루 판을 썰면, 여든이 넘은 할머니는 입술을 오물거리며 간을 본다. 오래전에 남편을 떠나보낸 여인들이 모여 "단단히 굳어버린 슬픔"을 가만가만 바지락칼국수에 풀어놓는다. 혼자서 견디는 슬픔만큼 아린 게 어디 있을까? 제 처지를 이해하는 누군가가 곁에 있는 것만으로도 사람들은 위안을 얻는다. 할머니들은 그런 마음으로 당산나무 아래 모여 칼국수를 먹는다.

  칼국수를 먹으며 할머니들 저마다 풀어놓는 삶의 이야기를 시인은 "꽃무늬 환한 문장"으로 표현한다. 그들이 정말로 환한 삶을 산 것은 아니니라. "서방 복 없는 년 자식 복도 없다며" 몸을 일으키는 한 할머니는 지금도 "함마 함마" 부르며 달려오는 아이 손을 잡고 집으로 돌아가지 않는가. 늙은 몸으로 손자까지 떠안은 이 삶에 그 누가 꽃무늬 환한 문장을 덧붙일 수 있을까? 한 사람이 일어서자 다른 사람들도 나무 그늘을 털며 차례로 일어나 폐선과도 같은 몸을 부여잡고 저 멀리 사라진다. 시인은 그늘을 털고 일어서는 할머니들의 모습에서 다시금 "오래된 꽃잎의 문장들"을 엿본다.

할머니들이 살아온 삶이 그대로 문장이 되는 시 세계를 유계자는 그리고 있다. 시 문장은 관념으로 펼쳐지지 않는다. 감각이 없는 문장은 한 편의 시로 거듭날 수 없다는 말이다. "당산나무 그늘에 젖은 바다를 말"리는 할머니들의 모습을 머릿속으로 가만히 그려 보라. 시인은 바다를 통해 할머니들의 삶을 엿보고, 당산나무를 통해 할머니들의 삶을 엿본다. 바다와 당산나무가 언제나 그 자리에서 제 삶을 묵묵히 살아왔듯, 할머니들 또한 언제나 그 자리에서 제 삶을 묵묵히 살아왔다. 이런 삶을 꽃무늬 환한 문장이 아니면 어떤 문장으로 표현할까? 문장은 이미 삶 속에 깃들어 있다. 시인이라면 그것을 본능처럼 들추어낼 수 있어야 한다.

물겹은 둥글다
번지고 번지는 동그라미들
헤아리기 전에 겹치고
겹치다가 흩어진다
부드럽게 돌을 쓰다듬어 휘돌고
물고기의 비늘도 깨진 병 조각도 핥아준다

백사장에 밀려온 물겹
갈매기 발목을 맴돌다가
모래밭에 둥글게 장문을 짓기도 한다

작년 여름
소沼에 살던 물겹

그 소용돌이에 휩쓸린 적이 있다

물겹의 완강한 고집을 꺾고
빠져나오기까지 한참을 허우적거렸다

물겹은 부드럽고 말랑한
물의 고리로 이어져 있지만
그 고리를 끊어내려면
죽을힘이 필요하다
— 「물의 고리」 전문

할머니들이 내보이는 "꽃무늬 환한 문장"이 위 시에서는 물결
이 겹치고 겹친 "물겹"으로 변주되어 나타난다. 물겹은 둥글게
번져 겹치다가는 이내 흩어진다. 물겹은 부드럽게 돌을 쓰다듬
고, 물고기의 비늘을 쓰다듬으며, 깨진 병 조각을 핥아준다. 백
사장으로 밀려와 갈매기 발목을 감싼 물겹은 모래밭에 둥글게
장문을 지어 자기를 확연히 드러내기도 한다. 물겹은 한 자리를
고집하지 않는다. 한 자리에 머물면 물겹은 더 이상 흐를 수 없
다. 흐르지 않는 물이 어떻게 부드러운 힘으로 온갖 사물을 품어
안을 수 있을까? 물겹에 서린 이 부드러움에서 시인은 환하게
빛나는 문장을 본다.

물론 물겹이 마냥 부드러운 것만은 아니다. 시인은 작년 여름
소沼에서 일렁이는 물겹의 소용돌이에 휩쓸린 적이 있다. 물겹
은 완강하게 시인의 몸에 들러붙었다. 한참을 허우적거리고 나

서야 시인은 겨우 그 밖으로 나올 수 있었다. 물결은 분명 "부드럽고 말랑한/ 물의 고리로 이어져" 있다. 물속 생명은 그것을 알기에 아무런 저항 없이 물에 몸을 맡긴다. 하지만 물에 익숙하지 않은 생명이야 어디 그런가. 죽을힘을 다해 그 고리를 끊어내야 비로소 생명을 보전할 수 있다. 당산나무 아래서 바지락칼국수를 먹는 할머니들이야말로 이러한 물의 고리를 죽을힘을 다해 끊어내며 살아왔을 것이다. 그들의 몸을 환히 밝히는 문장이란 바로 이 지점에서 흐르는 물결과 자연스레 이어지는 셈이다.

유계자의 시는 이렇듯 우리네 삶 곳곳에 스며든 물결을 꽃무늬 환한 문장으로 표현하는 데 주력한다. 「목수」에 나오는 내장목수는 "수십 년 못을 맞았으니 맷집이 생길만한데/ 박힌 데 또 못이 박힌다며" 한탄하듯 말하고, 「연출자」에 나오는 화자는 "사람의 히스토리는 한 줄 속으로 들어가지 않는다"라며 "내가 모르는 각본"을 찾아 오늘도 사람들을 만나러 다닌다. 목수에게 환한 문장은 박힌 데 또 박힌 못일 테고, 연출자에게 환한 문장은 오늘 들은 누군가의 각본일 터이다. 그 모든 것들이 모여 물결을 이루고 그 물결이 하나하나 풀어지면 한 편의 시로 새로이 탄생한다.

4.

「탈피」에서 시인은 습관을 지우는 일과 죽음을 연결한다. 습관이란 일상을 형성하는 뿌리라고 할 수 있다. 습관을 지운다는 건 그러므로 일상을 지운다는 말과 다르지 않다. "다시 한번 생을 바꾸어 담는다"라는 시구에 나타난 대로, 시인은 삶에서 죽음으로 가는 길을 또 다른 생에 이르는 길로 표현한다. 암세포를 몸속에 품은 사람은 밤새 잠들지 못하고 "저 고요 속 적막의 깊이"를 맴돌고 있다. 얼마나 많은 시간이 흘러야 병든 자의 몸에서 이 아픔이 흘러나갈까? "나는 옆에서/ 주저앉은 어둠을 쓸어 창 바깥으로 밀어낸다"라고 시인은 쓸 뿐이다. 물겹을 이루는 고리(「물의 고리」) 하나를 끊어내는 게 이토록 힘든 것이다.

오래 닫힌 낡은 수첩 속엔
한때 세상을 누비던 얼굴들이 평등한 숫자로 누워 있다

한 두릅 보리굴비같이 퀴퀴한 냄새로 익어가는 밤
숫자 하나를 누른다
지금 거신 번호는 없는 번호입니다 다시 확인하시고……
– 「생의 숫자들」

병실마다 약병을 매달고 다니는 사람들
복도에서 슬며시 눈을 돌린다
전화기 너머 엄마 언제 오느냐고 재촉하는 울음 섞인 아이의
목소리를 주머니에 구겨 넣는 젊은 여자
절로 알게 되는 상련相憐에
몇 번 약을 쳤느냐고 묻지 않는다
– 「병동의 상련相憐」

길이 되지 않는 오리무중의 맹지를 빠져나와

고라니나 그녀나

더는 흔들리지 말고 길이 되는 길을 잘 찾아가기를

기도하듯 오래 서서 바라보았다

ㅡ「고라니와 그녀」

「생의 숫자들」에 표현된바, 사람들은 저마다 다른 생의 숫자들
을 지니고 태어난다. 시인은 낡은 수첩에 적힌 번호로 전화를 건
다. 없는 번호라는 말이 곧바로 저편에서 흘러나온다. 전화번호
를 바꾼 것일까, 아니면 전화번호가 필요 없는 세상으로 간 것일
까? 한때는 세상을 누비던 얼굴들은 지금 어디에서 무엇을 하고
있을까? 흔적으로 남은 번호를 곱씹으며 시인은 지난 시간을 함
께한 사람들을 추억한다. 시간이 흐를수록 시인은 낡은 수첩에
적힌 번호를 더 많이 지우게 될 것이다. 생명으로 태어난 자라면
이 길을 벗어날 수가 없다. 생명은 그 속에 이미 죽음을 지니고
태어나는 법이니까.

　병동에서 느끼는 상련相憐을 표현한 「병동의 상련」에도 죽음
앞에 선 존재의 아픔이 여실하게 드러난다. 병실마다 약병을 매
달고 다니는 사람들이 넘쳐난다. 전화기 너머로 엄마를 찾는 젊
은 여자의 목소리가 들리기도 한다. 그들이 무슨 일을 벌이든 시
인은 개의치 않는다. 몸이 아픈 사람은 몸이 아픈 사람의 마음을
잘 안다. 그들이 왜 그런 행동을 하는지 마음 깊이 꿰뚫고 있다.
동병상련同病相憐이라는 말이 괜히 나온 게 아니다. 아픔만큼 서
로를 이어주는 거대한 끈이 어디에 있을까? 불과 며칠 전에 일

어난 이태원 참사를 가만히 떠올려 보라. 가슴 깊은 곳에서 밀려오는 아픔이 느껴지지 않는가?

인생이란 어쩌면 이러한 아픔을 곱씹으며 힘겹게 새로운 길을 여는 여정인지도 모른다. 「고라니와 그녀」에 나타나듯, 누구나 "길이 되지 않는 오리무중의 맹지"를 헤매는 날이 있다. 도심에서 길을 잃은 이들이 어디 고라니와 그녀뿐일까? 시인은 길을 잃은 이들을 보며 길이 되는 길을 잘 찾아가라고 기도한다. 이 기도는 병자들을 향한 연민으로 자연스레 이어진다. 누군가의 아픔을 마음 깊이 받아들임으로써 우리는 아픔을 넘어서는 새 길을 발견한다. 타자의 아픔을 온몸으로 끌어안아야 하는 시인이라고 다를까? 유계자의 시에 겹겹이 쌓인 물겹은 이로써 부드럽고 말랑한 문장으로 하나하나 풀리게 되는 셈이다.

눈꺼풀에서 풀려나오는 세상을 깜박이면
우수수 별들이 쏟아진다
숨겨둔 추억이 사라지고
받아 적었던 메모들이 자주 지워진다

방바닥을 기어 여름을 넘어가던 개미도
희미한 근황들
가까운 곳이 받아들여지지 않아 자꾸 안경의 겹을 더한다

잃어버리고 놓친 것들은 어디선가
또 다른 외출로 생을 만들고

침묵도 까무룩 어두워지고 나서야 촘촘하게 박힌
생각들을 내려놓는다

한 남자의 등에 얹힌 오래된 풍경들
흉터를 찍어 넣은 문장 하나 생각나듯, 그제야
당신이 읽힌다

내 속의 또 다른 눈이 밝아지는 중이다
　－「시력視力」전문

　시간은 늘 추억을 남기고 저편으로 사라진다. 시간이 흐를수
록 기억은 물겹처럼 쌓이고 쌓여 어느덧 지워지고 또다시 새겨
지는 일이 반복된다. 물론 기억 자체가 사라진 것은 아니다. 무
의식에 깊이깊이 숨은 기억은 계기가 되면 의식을 뚫고 뻗쳐 나
온다. 잃어버리고 놓친 기억들이 또 다른 생을 만드는 까닭은 여
기에 있다. 기억은 문득 현실 세계로 밀려와 지금까지 그것을 잊
고 살던 사람의 마음을 들썩인다. 시는 그 기억과 마주하는 순
간 펼쳐져 나온다. 일상을 놓치면 기억에 서린 맥락 또한 놓친
다. 기억 속의 시는 일상을 통해 비로소 제대로 된 문장을 얻는
것이다.

　시인은 "한 남자의 등에 얹힌 오래된 풍경들"을 상상한다. 오
래된 풍경들을 보려면 "침묵도 까무룩 어두워지"는 순간까지 기
다려야 한다. 시적 사물은 함부로 자기를 내보이지 않는다. 사물
과 마주할 준비가 되어있는 사람의 눈에만 사물이 가만히 펼치

는 세계가 보인다. 시인은 "흉터를 찍어 넣은 문장 하나 생각나듯"이라는 시구로 이 상황을 표현한다. 당신의 몸에 새겨진 흉터를 읽으려면 얼마나 많은 시간이 필요할까? 시인은 "내 속의 또 다른 눈이 밝아지는 중이다"라고 쓴다. 의식의 눈으로는 보이지 않는 당신의 세계를 시인은 무의식의 눈으로 보려고 한다. 당신에 대한 통념을 내려놓지 않고 어떻게 무의식의 눈이 떠지길 바랄까?

유계자가 말하는 시력視力은 아무나 지닐 수 있는 능력이 아니다. 누구나 사물을 볼 수 있지만, 아무나 사물에 서린 시적 맥락을 들여다볼 수는 없다. 시인은 당신의 몸에 새겨진 흉터를 보기 위해 기꺼이 바닥까지 내려가는 모험을 감행한다. 바닥은 죽음이 펼쳐진 장소이면서, 동시에 삶의 여백이 펼쳐진 장소이기도 하다. 바닥을 치고 올라오는 힘은 무엇보다 이러한 삶의 여백에서 뻗어 나온다. 유계자는 사람들 저마다의 삶에 드리워진 이 여백을 꽃무늬 환한 문장으로 표현하는 데서 시작詩作으로 가는 길을 열어젖힌다. 당신의 흉터를 볼 수 없으면 환한 문장에 이를 수 없다. 타자의 아픔에서 상련相憐을 느끼는 시 정신은 이 지점에서 유계자 시를 가로지르는 힘으로 작용한다고 하겠다.

유계자 시집

목도리를 풀지 않아도 저무는 저녁

발   행   2022년 12월 15일
지 은 이   유계자
펴 낸 이   반송림
편집디자인   반송림
펴 낸 곳   도서출판 지혜
            계간시전문지 애지
기획위원   반경환 이형권
주   소   34624 대전광역시 동구 태전로 57, 2층 도서출판 지혜 (삼성동)
전   화   042-625-1140
팩   스   042-627-1140
전자우편   ejisarang@hanmail.net
애지카페   cafe.daum.net/ejiliterature

ISBN 979-11-5728-496-2   03810
값   11,000원

* 이 도서는 한국출판문화산업진흥원의 '2022년 중소출판사 출판콘텐츠 창작 지
  원 사업'의 일환으로 국민체육진흥기금을 지원받아 제작되었습니다.

유 계 자

유계자 시인의 충남 홍성에서 태어났고, 2016년 『애지』로 등단했다. 첫 시집으
로는 『오래오래오래』(2019년 세종문화재단 창작지원금수혜)가 있으며, 2013
년 웅진문학상(시부문)과 2021년 제8회 애지문학작품상을 수상했다.

유계자 시인의 두 번째 시집 『목도리를 풀지 않아도 저무는 저녁』은 오홍진 비평
가의 말대로 "바닥에서 피어나는 환한 문장"으로 되어 있다고 할 수가 있다. 유
계자 시인은 타인의 몸에 새겨진 흉터를 보기 위해 기꺼이 바닥까지 내려가는 모
험을 감행하며, 사람들 저마다의 삶에 드리워진 여백을 꽃무늬 환한 문장으로
표현했다. 타자의 아픔에서 상련相憐을 느끼는 시 정신은 유계자 시인의 시를 가
로지르는 힘이다.

이메일 poem-y@hanmail.net